살아 있는 순간들이
당신으로 가득하길

마음 감기

# 마음 감기

**초판 1쇄 인쇄일** 2025년 4월 2일
**초판 1쇄 발행일** 2025년 4월 10일

**지은이** 김성표
**펴낸이** 양옥매
**디자인** 송다희 표지혜
**교 정** 조준경
**마케팅** 송용호

**펴낸곳** 도서출판 책과나무
**출판등록** 제2012-000376
**주소** 서울특별시 마포구 방울내로 79 이노빌딩 302호
**대표전화** 02.372.1537  **팩스** 02.372.1538
**이메일** booknamu2007@naver.com
**홈페이지** www.booknamu.com
ISBN 979-11-6752-601-4 (03800)

# 마음 감기

## 김성표 시집

책과나무

마음이 좋지 않을 때 더러는 좋을 때
적어 놓은 것들을 모았습니다.

해가 거듭될수록
떠나보내야 하는 것들이 늘어 가고,
채우기보다는 비워야 할 것들이
많아지는 것 같습니다.

좋은 사람들과 더 오래 같이하고,
쉴 수 있는 시간이 늘어나길 바라며….

들어가며

시를 쓰면 시인이 되는 줄 알았습니다.

시를 쓰는 것은 누군가를 위한 것이기보다
어쩌면 나를 위로하기 위해서입니다.

그럼에도 시를 읽는 동안 잠시라도
당신의 입가에 잔잔한 미소가 흐르고
때론 떠나간 사람을 위해 눈물도 고이고
편안해지기를 바라는 마음으로….

이번 시집은
돌아가신 아버지께 바칩니다.

2025년 3월

김 성 표

# 차례

## 1. 초대
### 가슴을 울리다

## 3. 회상

당신의 빈자리

## 4. 고민

남겨지는 마음 자국

# 1. 초대

## 가슴을 울리다

아름답고 슬픈 노래로 가득한

이 세상에

이제 너의 시와

노래를 들려주렴

# 초대

시를 쓰며
내가 깨달은 것

세상의 노랫말이 어쩌면
이토록 아름다울 수 있을까

가사에 선율이 더해져
가슴을 울리는 노래

아름답고 슬픈 노래로 가득한
이 세상에

이제 너의 시와
노래를 들려주렴

# 봉사 활동

예수님의 탄생을 기리는 크리스마스
누군가는 한 줌의 재로 돌아가는 화장장에
봉사 활동 시간을 채우려
신청한 발열 체크 봉사

옆에 나온 자원봉사자
코로나19 시국인데
한 해 동안 160시간을 봉사했다고 하니
한없이 작아지는 마음

# 기다림

구름을 뚫고
얼굴을 내미는
시뻘건 해는
새로운 소망을 품고

당연하던 일상의
소중함을 깨달아
사람들을 만나
침 튀기며 밥을 먹고

마음껏 다른 곳을
찾아갈 수 있는
그 이전의 평범함으로
돌아갈 수 있기를

# 다짐

올해는 술은 조금만 마시고
담배는 오래 참아 건강해지기

허투루 돈 쓰지 말고
가치 있는 일에 투자해 부자 되기

어려운 이웃과 나를 돌보아
마음이 따뜻해지기

소중한 사람들과 좋은 시간을 함께해
삶에 의미 더하기

# 술푸데기

술은 나가 먹는디
어떵된 초랜지*
술이 자꾸 나를 먹엄쪄

이신 술을 다 먹엉
다신 술이
나를 못 먹게 해사켜**


*어떵된 초랜지: 어떻게 된 일인지
**해사켜: 해야겠다

16

# 크리스털(crystal)

눈의 결정처럼
반짝이는 너

빛이 난다는 것을
너는 아는지

소담스럽게 내린 눈을 뭉치면
네가 될까

혹여 깨질까
사라질까 두렵구나

# 꽃샘

신데렐라의 계모처럼
너의 아름다움을 시기하여
찾아온 영하의 날씨

모진 추위에도
꽃이 피듯

너의 마음도
어려움을 이기고
환하게 피어나리

# 벚꽃 연가

봄이 오는 길목
벚꽃잎이 흐드러진 거리

우연히 만나 손을 잡고 걷다
멈춰 서서

이마에 닿을 분홍빛 숨결
달아오른 얼굴

지워지지 않을 인연

# 무제 1

부슬비 내리는
5월의 제주
얼굴 한 번 본 적 없는 사람을
마음에 품어

한걸음에 그곳으로
달려가고 싶지만
막아선 바다를
건널 수 없고

그렇게 하지 못함에
더욱 짙어지는 그리움
제주에는 5월의 비가 나리고
이미 바다를 건너는 마음

# 우주(雨酒) 1

술에 취한 사람들 사이로
바래다주는 길이
좀 더 길었으면

택시가 오길 기다리는 버스 정류장
비가 오려면 더 내려 주지
택시가 더디 오게

술에 취해
흔들리는 사람
사람들

# 우주(雨酒) 2

그곳은 내가 있던 때와
조금은 달라져 있었다

여름의 끝일지
가을의 시작일지 모를 비

몇 잔의 술과 지나가 버린 추억과
앞으로 올 날들을 위해

그곳에 있던 나
술에 취한 나

# 무제 2

가뭄에 갈라진 땅이
뒤늦게 찾아온 장맛비로
살아나는 것처럼

흘러간 노래가
너의 심장을 적셔
다시 뛰게 하길

# 길에서

언제부턴가
마음이 어지러우면
걷는 동네 길

차가운 커피
상쾌한 바람이
내 마음을 식히고

인화동 집 앞길은
성호하고 봉주하고
공 차던 놀이터

나도 누군가에게
쉬어 갈 수 있는
그런 길이 됐으면

# 첫 번째 시집에 대한 의견

어떻게 이런 걸 썼니

편하게 읽어 내려갈 수 있어서 좋았어

너의 지나온 삶이 들어 있구나

별짓을 다 하는구나

다음 시집은 언제 나와

......

이제 네 안에 있는
시를 꺼내 줘

# 시를 쓰는 이유

차라리 쓰지 말 걸 그랬나
생각이 들다가도
자꾸 무언가를 쓰고 싶어질 때가 있다

누군가가 그랬지
태어나서 책 한 권 영화 한 편
집 한 채 짓고 싶다고

나는 한 편의
좋은 시로 기억되고 싶어
시를 쓴다네

## 2. 위로

잘 견디고 있어

그러나 걱정할 필요는 없어
점점 더 상황은 좋아질 테니까
문제는 다시 재발할 수 있다는 거야

# 쉼

사람에겐
평온한 마음과
힘든 마음이 공존합니다

때로는 모든 게
잘될 것만 같다가도
실패와 두려움이
우리 마음을
옥죄기도 합니다

어쩌면 당신에겐
아무런 잘못이 없어요
몸이 아픈 것처럼
때론 마음이
아프기도 하답니다

'그저 잠시 쉬었다
다시 시작하면 돼요'

## 슬픈 하루

오늘은 슬픈 날이다


'누군가 나의 가장 아픈 곳을 건드렸어'
'나는 아주 극단적인 결정을 머릿속으로 떠올렸지'
'쌀쌀한 겨울밤 거리를 걸어도
해결할 의지와 실행할 용기가 떠오르지 않았어'


잠이 오지 않는 새벽
어슴푸레 밝아 오는 아침

# 슬픈 하루 다음 날

'어제의 슬픔이 조금은 사그라졌지만

아직도 해결되지 않은 분노를

어떻게 해야 할지 모르겠어'

'모순되게도 오늘은 좋은 일이 있는 날이야'

'기뻐해야 하지만 온전히 기뻐할 수만은 없었어'

'사람들 사이에서

나의 슬픔을 드러낼 수가 없었지'

'저녁엔 어제의 슬픈 감정이 정리가 되길'

# 마음 감기

뇌가 잘 작동하지 않아
어딘가가 막힌 건 아닐까

사람들은 이걸 우울증이라고 불러
마음의 감기 같은 거지

아무도 날 이해하지 못해
왜냐하면 나를 이야기하기 어려우니까

그들은 내 마음을 어지럽혀
왜냐하면 내 감정을 드러내지 않으니까

아마도 그렇게 한다면
상황은 더 어려워질 거야

……

내 마음은 방향을 잃었어

총이 있다면 내 마음을 날려 버릴 수 있을까


당신이 이런 경험이 없다면 이해 못 할 거야

그러나 걱정할 필요는 없어


점점 더 상황은 좋아질 테니까

문제는 다시 재발할 수 있다는 거야

# A cold in my mind

My brain is not working well

I feel that it is stuck


People called it depression

It's like a cold in your mind


Nobody understand me

Cause I couldn't speak myself


They disturb my mind

Cause I couldn't explain my feeling


If I do,

it will get messier


......

I lost my mind

If I have a gun, I would blow my mind


If you haven't been this, you don't understand

But you don't need to worry


It would be getting better

But the problem is it could coming back again

# 이해

도대체 나를 온전히 이해해 주는
내 편은 어디에 있는 걸까

그런 사람은 없어
나조차도 나를 다 이해할 순 없으니까

# 그리움


누군가
보고 싶다
생각하니

자꾸만
눈에 밟히는
얼굴

## 위로 1

세상에 태어나
살아간다는 건

누군가를 만나고
헤어지는 일

너무 슬퍼하거나
외로워하지 말아요

가슴 깊은 곳에서
당신만을 위한
따뜻한 위로를 건넵니다

# 위로 2

몸에 상처가 나면
약을 발라

마음에 난 상처는
어떻게 하지

마음에 난 상처에는
술과 사랑을 발라야지

그래도 낫지 않는다면

잠시 눈을 감고
숨을 깊이 들이쉬고
마음을 들여다봐

잘 견디고 있어
토닥토닥

# 숨

나에게도 쉴
공간이 필요해

코와 폐로 들이쉬고
마음과 영혼으로 내쉴

깊은 밤 잠은 오지 않고
피워 대는 담배

혹여 내 간절함이 닿는다면
나에게 숨을 쉬게 해 다오

# 자화상

나는 어려운 사람
쉽게 친해지지만
선을 넘는 게 아주 불편해

나는 이기적인 사람
작은 고통은 참지 못하면서
남의 큰 고통을 이해하기 어려워

나는 사랑하지 못하면서
다른 사람이 사랑해 주기만을 바라지

당신이 마주하고 있는 나는
어려운 사람

# 3. 회상

당신의 빈자리




서쪽으로 난 창으로

담이 높게 처져 있어

하늘이 조금만 보였기 때문이다

그 벽에다 노란색 해바라기라도

그렸으면 좋았을 것을

# 아버지께

갑자기 쓰러지셨습니다
마지막 인사도
제대로 하지 못했는데

다음 주가 생신이라
맛있는 거 먹자던
통화가 마지막이 되었습니다

조금만 더 견뎌 주시지
그것도 제 욕심이겠지요
당신과 함께한 시간 즐거웠습니다

이제 그 환한 미소와 웃음
함께하지 못하지만
당신이 남겨 준 말과 노력
가슴 깊이 간직하겠습니다

평범하고 바른 삶이

이토록 어렵다는 것을


이제 당신의 빈자리가

당분간은 아주 허전할 겁니다

편히 쉬세요

사랑합니다

# 귀향 풀이

제주도 성산읍 시흥리 37번지에서
음력 1936년 7월 6일 태어난
광산 김공 두하

12남매에 둘째로 태어낭
장남 역할 허잰 허난* 얼마나 힘들어시코

슬하에 8남매 먹이고 공부시키고
장개 시집 보내잰 허난
얼마나 고생헤시커니

성산포 농협 조합장도 허고
진로에 들어강 고생허당
삼다수 대리점도 허고
돈도 하영 벌었구나
그 공력 다른 사람들도 다 알암쭈 다 알아


고생헤수다
고생헤수다


이제랑 아무 걱정허지 말앙
아픈 것도 어신디 가그넹**
편히 쉽써
편히 쉽써

어멍허곡

아들 똘

손자 손녀

잘되게 해 줍써

잘되게 해 줍써

살펴 줍써


음력 2021년 6월 27일에

하늘로 돌아감수다

## 전과 후


아버지가 있던 그곳과
계시지 않는 그곳은
다를 것이기 때문에

이제 제주는
2021년 8월 5일 이전과
이후로 나누어진다

# 일주일 후

며칠째 제주에는 비가 나린다
아버지를 보내고 코로나19 자가격리를 하며
그가 쓰던 침대에 앉아
비가 오는 창밖 처마의 빗소리
'그는 여기서 무슨 생각을 했을까'

어느 아들은 내려오지 못했고
어느 아들은 이제야 도착했다
남편을 보낸 어머니는 며칠을 울어
목이 쉬고 먹먹해진 귀
오지 못한 아들 걱정에 가슴이 아파 온다

이제야 온 둘째 아들과 어머니는
부둥켜안고 울음을 달랜다
'살아 있을 때 한 번이라도 더 올 것을'

이제 나는 그가 남긴 유산 그가 했던 말

그와 함께했던 날들을 기억하려 한다

그가 좋아하던 조기와 한치를

한 번이라도 더 같이 먹었으면 좋았을 것을


내일은 그와 함께하려 했던

그의 여든여섯 번째 생일

# 유품

아버지를 보내고 나니
그가 남긴 사진과
기록들이 새롭다

흑백사진 속
그는 푸르른 20대 청춘
회사 인사기록부에 남겨진
그의 직책과 월급에 묻어나는
성취와 고단함

생일 때 찍어 둔
사진과 동영상에
그는 즐겁게 웃고 있다

그가 입었던

옷가지 몇 개를 담는다

그걸 입는 동안

생각이 나길 바라며

# 후회

아버지가 마지막 몇 년 동안
쓰시던 침대에 누워 있으려니
지루했을 것 같다는 생각이 든다

서쪽으로 난 창으로
담이 높게 쳐져 있어
하늘이 조금만 보였기 때문이다

그 벽에다 노란색 해바라기라도
그렸으면 좋았을 것을

# 사진 _기억

그가 떠나고 나서야 그와 찍은 사진이 별로 없음이
아쉽다

수없이 많은 기회가 있었음에도 그와 더 많은 것을
함께하지 못한 아쉬움이 더해 간다 이제 그럴 수 없기
에 갑자기 그가 있었으면 좋겠다는 생각이 든다 녹음해
둔 음성 파일을 뒤적여 본다

# 우리 어멍

사랑하는 남편을 보낸
그는 지금
온전한 마음이 아닌
내 걱정을 한다

평생 남편과 자식 위해
살아온 그
가장 힘든 시간에도
자식 걱정

남편과 함께했던 큰 집에
홀로 있을 것을 생각하니
가슴이 아리다

# 아낌없이 주는 나무

봄에는 싱그러운
새잎을 주었고

여름에는 짙은 그늘로
더위를 막아 주었지

가을에는 열매로
삶을 지탱해 주었고

이젠 잎도 지고
등걸도 사그라져 가

남은 것마저
내어 주겠다 하니

나와 내 자식이
그걸 어찌 받으란 말이오

# 걱정

어멍은 손녀 대학 보낼 걱정
막내아들 돈 쓰는 거 조드랑*
큰아들 내려오는 거 걱정
어멍 아픈 거 걱정은 안 허고

* 조드랑: 걱정하다

# 우무 냉국

한여름 더위에
우뭇가사리를 삶아

체에 걸러 식힌
바다 품은 여름의 맛

한 그릇을 뚝딱 비우니
이제야 철이 들려나

# 울음바당

어머니와 이모
물질을 했던 두 사람

이모부 사십구재를 지내기 위해
다시 만났다

언니 내 팔자는 왜 이리 외로워
사람 팔자 타고나는 거 어떵 허느니
울음으로 달래사주

눈물에 묻어나는 바다 냄새

# 4. 고민

## 남겨지는 마음 자국

세상이 이야기로 이루어져 있다면

누가 가치 있는 일을 하고

누가 가치를 착취하고 있는지

생각해 봐야 한다

# 회고

감염병 때문에
어떻게 지나갔는지도 모르게
하루하루가 쌓여
채워진 한 해

아쉬움을 담은
마지막 해가
오늘은 더
묵직해 보인다

자연의 섭리 앞에
주어진 시간과 자연을
온전히 쓰는
호모 사피엔스로 살아가자

# 인간 지능

스마트폰이 나오고 사회연결망 서비스가 활용되면서
기술 발전에 대한 우려는 현실이 되어 가고 있다
반대를 위한 비판 혐오를 부추기는 댓글
온라인상에서 이루어지는 언어폭력으로 받는 상처들
기계 컴퓨터 인공지능과 같이 살아가야 하지만
나의 뇌와 인지는 그걸 넘어설 수는 없게 되었다

# 참말

저를 뽑아 주십시오 여러분
그러면 저는 여러분을 위해
무엇이든 하겠습니다

맹세는 어디 가고
반대편을 향한
칼날만 서 있소

# 가치

세상이 이야기로 이루어져 있다면
누가 가치 있는 일을 하고
누가 가치를 착취하고 있는지
생각해 봐야 한다

가치에 관해 이야기를 다시 시작하자
그게 힘들어진 기존의 질서를
바꿀 수 있는 장을 열 것이니까

당신이 감수하는 위험만큼
이윤을 가져가고
당당히 노력하는 사람들에게
그만큼의 혜택을 돌려주자

우리는 같이 연결되어 있고
혁신도 우리의 것을 통해
이루어지기 때문에

# 가을 햇살 1


들녘의 벼들을 누렇게 물들이고
은행나무 잎을 노랗게 만드는
너의 햇살이 다르다고 생각했어


유난히 더웠던 여름
따갑게 비추던 햇살 때문이었을까


쓸쓸한 나에게
네가 위로를 건네는 걸지도 모르지

# 세렌디피티

음악을 틀어도 될까요
연노란 원피스를 입은
여인이 물었다

꽃이 소담스레 핀
비가 오는 7월의 테라스
책 이야기로 말을 건넨다

머리가 아파서
식히러 왔어요
즐거운 시간 보내다 가세요

눈앞으로
노오란 원피스가 지나간다
혹시나 또 만나질까

# 가을 햇살 2


무언가 신비로운
색깔이 묻어난다

단풍을 물들이는
비밀스러운 눈부심

나도 물들여다오
생각이 바래지게

# 잠 못 드는 밤

달은 밝고 선선한 새벽
누군가가 찾아올 것 같은 기대

어쩌면 지쳐 버린 당신의 마음도
사랑스런 손길이 닿으면
빛이 날지도

오늘따라 잠이 오지 않네요

# 무제 3

이곳은 내 어미와 아비
형제와 친구가 살아온 땅
비행기 창에 빗물이
눈물처럼 흐른다

내년이면 쉰셋
딸아이는 대학을 갈거고
무얼 쫓아왔나
어디로 가는 걸까

창에 흐르는 빗물이
눈물이 되어
묵었던 마음을 씻어 주길

# 단비 책방

빗소리 톡톡
개구리 개골개골
새소리 삐익삐익

두둥실 구름
모락모락 커피 향
흐드러진 수국

여기에 앉아 있으니
저절로 시인

# 마음 자국

밤새 하얗게
눈이 내린 산책로

그 길을 걸어가니
남겨지는 발자국

누군가를 사랑하면
남겨지는 마음 자국

눈 위의 발자국 사라지듯
희미해져 가는 마음

## 나오며

두 번째 시집을 위해 시를 쓰는 동안
누군가를 보내기도 했고
새로운 사람들을 만나기도 했습니다.
사람들과 일을 하고 얘기를 하는 동안
희망과 우울이 엇갈리는 때도 있었습니다.

돌이켜 보면 우리는 아주 작은 것들 때문에
기뻐하기도 하고 슬퍼하기도 하는 것 같습니다.
그걸 알면서도 쉽게 고쳐지지 않는 것은
마음에 오래 자리 잡고 있어서 아닐까요.

이제 애써 무언가를 더하기보다
주어진 것들을 살피며 가야 할 때인가 봅니다.

읽어 주셔서 감사합니다.